KB260425

별이
호수를
만든다

별이 호수를 만든다
김병중 시집

초판 인쇄 | 2009년 10월 05일
초판 발행 | 2009년 10월 08일

지은이 | 김병중
펴낸이 | 신현운
펴는곳 | 연인M&B
디자인 | 이희정
기 획 | 여인화
등 록 | 2000년 3월 7일 제2-3037호
주 소 | 143-874 서울특별시 광진구 자양동 (680-25호(2층)
전 화 | (02)455-3987 팩스 | (02)3437-5975
홈주소 | www.yeoninmb.co.kr
이메일 | yeonin7@hanmail.net

값 7,000원

ⓒ 김병중 2009 Printed in Korea

ISBN 978-89-6253-035-3 03810

별이 호수를 만든다

별이
별이 호수를 만든다
푸른 들관 한가슴에
산도
분화구도 아닌
별이 시는 호수
별이 어둠을 마시고
깊은 호수처럼 잠들면
별의 집
거긴 내 별 하나가 있다

김병중 시집

별은 별을 씻지 못하고 호수는 호수를 만들지 못한다. 별은 호수가 있을 때, 호수는 별이 있을 때 비로소 빛나는 풍경이 된다. 그동안 무수히 많은 밤하늘 별들을 바라보면서 그리운 얼굴을 생각했고, 제 몸보다 더 큰 하늘을 안고 있는 호수에 물수제비 만들며 푸른 미소를 그려보기도 하였다.

그러나 별도 호수도 존재의 집이 되지 못하고 흐르는 구름과 부는 바람에 생몰을 거듭하였다. 밤에는 별을 바라보고 낮에는 호숫가에 앉아 시를 쓰는 일이 차츰 식상해지기 시작했다.

그러다 변치않는 무엇을 찾기 시작했고, 그것은 진리와 고향과 어머니라는 사실을 알았다. 하여 좀 더 사유하면서 촛불 끄는 소리 같은 무성음보다는 어린아이 울음소리 같은 유

성음의 시상을 쫓은 지 4년, 부끄럽지만 한 권의 새로운 시집을 내놓게 되었다.

　나의 시를 가장 사랑하고 애독하시는 여든넷의 어머니는 아직도 막내아들을 하늘의 별로 바라보시고, 나는 언제나 웅숭깊게 안아주시는 어머니 호수에 말없이 잠기곤 한다. 오늘도 별이 하나의 호수를 만들고 호수는 빛나는 별을 안고 있어 세상은 그저 아름다울 수밖에 없는 일이다.

이천구년 시월

시인의 마을에서　김병중 큰절

제2부 나비 찾기

제3부 안개발이 보인다

제1부
강이 강끼리

강은 흘러
하나의 바다로 되고
사람은 흐르고 흘러
하나의 사랑섬을 만드는
우리는 숨쉬는
하나의 강을 가지고 있다

강이 강끼리

우리는
하나의 강을 가지고 있다
강이 강끼리 합강(合江)하여
큰 강이 되고
강은 언제나 머리를
푸른 바다로 두고 있다
가끔씩 용의 머리로 일어나는
키 큰 파도를 보며
천리를 달려온 투명한 기억들을
하얗게 지워버린다
흐르는 것은
하나가 되기 위함이듯
강은 흘러
하나의 바다로 되고
사람은 흐르고 흘러
하나의 사랑섬을 만드는
우리는 숨쉬는
하나의 강을 가지고 있다

가족

가족은 가죽
부빌수록
보드랍고 따뜻해진다

부비지 않으면
털이 나고
털이 무성하면
무서운 짐승 되어
송곳니가 뾰족하게 날이 선다

가족은
가죽보다 질기지만
한 방울 눈물로도 얼룩지고
새끼손톱만 스쳐도 흠이 지는
가죽 같은 가족

가죽이 가족 되고
가족이 가죽 되는
부빌수록
옷도 되고 집도 된다

아버지 · 1

우물 속에
우울이 보인다
우울 속에
둥근 눈과 둥근 얼굴
우울은 둥글다
우울은 샘물처럼 돌지만
우물은 눈물처럼 둥글다
둥글게 돌다 보면
우물과 우울은 하나
우물 속에 보이는 얼굴과
우울 속에 보이는 얼굴이
서로 마주 보고 웃는데
우물 속에
우울의 긴 혀가 보인다
우물은 목을 축이고
우울은 눈시울을 축이지만
우물을 파면 생수가 솟고
우울을 파면 죄가 보이는
신비로운 거울 하나
그 속에
나를 낳은 아버지가 보인다

아버지·2

아버지는
나보다 먼저 일어나고
나보다 늦게 잠들어
한 번도 잠드신 얼굴을 본 적이 없다

별들이 다닥다닥 얼어붙은
칠십 년 겨울
눈보라 속에 녹지 않는 얼음 되어
꽃상여 타신 아버지는
성긴 황토흙 둥지만 남기고
펄펄 날리는 눈송이처럼 날아가고

아버지는 떠났어도
성재산은 제자리에 서 있고
그 산에 날마다 큰 해가 떠올라
오늘도 아버지는
해 뜨는 나라 동쪽 하늘로 계신다

아버지 · 3

위에서 가운데로
가운데서 가장자리로
그러다 머슴처럼 문밖으로

문밖에서 길거리
길거리에서 지하도 한구석
원시인처럼 웅크린 아버지

새벽이 와도
첫닭 울음소리에 물러갈
귀신도 함께 잠든
임자 없는 집

위도 가장자리도 없는
공평정대한 지하 나라에
진정한 우리 아버지가 계신다

고향집

은장봉에서 내려다보면
고향 기와집은
날개를 활짝 편
한 마리의 큰 새
남으로 힘차게 날아가는
몸통과 날개 속에
난 새처럼 깃들어 살며
가끔씩 출몰하는 독수리가
머리 위를 맴돌면
돌멩이 하나 움켜쥐고
키 작은 그림자를 숨긴다
아직도 새는
날개를 접지 않고
푸른 들 춤추는
따뜻한 남쪽나라 향해 날아가는
한 마리의 텃새
넉넉한 그 품이 그리워
눈 큰 철새들이 고향집을 찾는다

동지

무딘 놋숟갈로
자줏빛 어둠 휘휘 젓다 보면
하얀 새알심이 보인다
오늘따라 이리도 작은 걸까
얼음 살짝 어린 달무리 대접으로
동치미 같은 기쁨 한 모금 나눠 마시며
입술에 닿으면 액 하나 땜하고
혀끝에 닿으면 나이 한 살 더 먹는
그대와의 입맞춤이 따뜻하다

내내 그리움으로 하늘 올려다보며
입술만 바라보고 있어도
가슴 맥박소리 들려오는데
넌 침 묻어도 좋은 숟갈 동지
씹지 않고 그냥 삼켜도 좋은 노른자 사이
아무리 바람의 칼날이 번득여도
씨 없는 열매를 먹는
칠흑의 밤에 나누는 선악과는
더 달디달기만 하다

그리움

그리움은
외로움과 닮아 있다

그리워하다 보면
외로워지고
외로워하다 보면
그리워진다

지네의 몸처럼
잘라도 잘라도 살아남는

둘 다 머리는 없고
가슴만 남는
뜨거운 불구의 토막 사랑
하나

그녀의 소리

숲이
온음표 이분음표 사분음표 팔분음표로
나란나란 일어선다

이름 모를 새들이
온쉼표 이분쉼표 사분쉼표 팔분쉼표로
예서제서 둥지를 튼다

마음은
제자리표 늘임표 이음표 되돌이표로
오래오래 숲속을 걷는다

더 숲이 울창해지고
이름 모를 새들이 하늘 가득 날고
선한 눈빛의 짐승
그 눈동자에 푸른 강물이 흐르면
문득 그녀가 생각난다

아무 자취도 없이
점점 더 여리게 여리게
가슴으로 다가오는 그녀는
이 숲 속 쉼표 곁에
낮은 음의 소리로 사는 숨결이다

몸字

‘ㅁ’은 사람
‘ㅗ’는 사랑
사람과 사랑이 만나
몸字가 되는

여성상위
몸字를 보면
온몸이 금세 뜨거워진다

두 몸이 누워
남성상위 品字가 되어도
몸은 여전히 뜨거운데

몸 달아라
몸 달아라
좋은 사람 허리에
서로 몸 달고 사는
사랑 몸字로
지금도 펄펄 체온이 살아 있는
하나의 소우주 공전

속눈썹

그대 얼굴에
두 마리의 새가 산다
가는 꼬리
하늘로 휘말아 올리고
언제나 빛을 향해
날갯짓하는 새

천 번을 날아도
아직 둥지를 떠나지 못하지만
한 번도 소리내어 울지 않는 새
가끔은 날개가 젖어도
해를 향해 나는데
가까이 보면 검은 새가 되고
멀리서 보면 흰 별이 되는 새

한참을 바라보면
신비한 미소의 늪에서
조용히 가슴을 떠는 새
천길 그리움만 한없이 키우던
피안의 물새
이제 붙박이 별 하나만 그리는
외눈의 새가 되어
그대와 같이 하늘을 지킨다

미나리

너를 보면
머리에 푸른 피가 돈다
불편한 속이
시원하게 내려가고
이내 발밑으로
따뜻한 물이 흐른다
푸른 거머리 한 마리
알몸의 붉은 해를 흡혈하고
피 묻은 해가
구름 타월로 천천히 몸을 닦는다
더 푸르고 싶어
가슴마다 흰 종을 달고
더 살고 싶어
뜨거운 독을 벌꺽벌꺽 삼키는 팔월
더 사랑받고 싶어
향기를 가진 너를 보기만 해도
온몸이 해열되는
나는 여명 속의 바위섬이 된다

사진관집 딸

사진관집 딸은
삼월의 개나리 미소로 와서
사월의 벚꽃 조명 아래
오월의 장미처럼 붉게 핀다
유월의 사슴 눈빛과
칠월의 해바라기 치아 보이며
팔월의 능금빛 두 볼로 익어
구월의 국화향 그윽한 사람

사진관 앞을 지나며
아직 한 번도 그녀를 본 적 없지만
사진 속의 그녀는 늘 예쁘고
변함없이 웃고 있어
그 앞을 빈 얼굴로 지나지 못하네

보이는 것과
생각하는 것 사이에서
아무 말하지 않고도
언제나 분에 넘치는 나는
자주 고급 외사랑에 빠지고 마네

물고기 사랑

내 눈을 감지 않는 건
그대와 눈맞춤 때문이다

내 입을 다물지 않는 건
그대와 입맞춤 때문이다

내 춤을 멈추지 않는 건
그대와 거리 맞춤 때문이다

내 하늘로 튀어 오르지 않는 것은
그대와 키 맞춤 때문이다

내 노래하지 않는 건
그대와 소리 맞춤 때문이다

내 눈물 흘리지 않는 건
그대와 마음 맞춤 때문이다

아, 물만 먹고도
아직 배고프지 않는 건
그대와 나의 안성맞춤
사랑 때문이다

아담 후예

눈감고 웃어도
살포시 볼우물이 보이는 여자
그녀의 볼우물 속에는
언제나 푸른 눈물이 돈다

눈만 마주쳐도
두 볼에 실핏줄이 어리고
조용히 말을 해도
사과 깎는 소리가 나는 여자
그녀는 날 없는 칼로
아픈 그리움을 사각사각 도려낸다

그리움의 껍질은
기다림 속에 긴 줄 하나로 또아리 틀고
사과 깎는 소리가 멎으면
순순히 알몸이 되는 여자
그녀가 조금만 움직여도
재굿이 눈이 감기도록
아아 늘 푸른 사과향이 나는 여자

그녀는
사과 깎는 소리를 내지만
아프게 씹지 못하는 여자

그녀는
사과를 먹는 게 아니라
눈으로 흰 속살을 그리며
스스로 붉은 사과가 되는 여자
그 가슴에 화살을 쏘는
나는 죄 많은 아담의 후예이다

인연이 연인이 되고

옷깃만 스쳐도 인연이라지만
난 옷깃만 닿아도 아프다
인연이 연인이 되고
연인이 다시 인연이 되는 만남에서
우린 남남이 만나
님님이 되는 하나의 사랑이라

사노라면 옷깃은
따뜻한 손길도 되고
때로는 날카로운 칼날이 되어
상처를 만들기도 하지만
우리는 같은 하늘 한 우물 마시는 사이
갈증도 모르는
끝이 보이지 않는 깊은 사랑이라

인연은 뜬구름 따라 멀어져도
연인은 바람처럼 귓속말로 다가오기에
난 옷깃만 보아도 아픈데
인연의 이 옷은 벗을 수 없구나
오늘도 인연이 연인이 되고
연인이 또 인연이 되고

일기 쓰기

검은 축복의 성전에
촛불을 켠다

순간
생각은 하얗게 번지고
온몸이 눈을 뜬다

불꽃 아래 매달린
아버지의 눈물 한 방울이
어머니의 가슴에 떨어져
한떨기 꽃으로 피고

속눈썹 같은 꽃잎 위에
소리없이 내려앉는
검은 나비 떼들의
우화등선(羽化登仙)
갑자기 꽃밭이 환해진다

뜨거운 눈물이 하염없이 도는
눈동자 같은 섬 하나
그리움의 안개만 자욱하여
자꾸 눈만 멀어져 간다

문화이발소

문화이발소에 가면
어미돼지가 새끼들에게 젖을 물리고 있다
털도 없는 애돼지가
퉁퉁 불은 어미 젖을 물고
혼곤히 잠들어 있다
젖을 빠는 자와
젖을 주는 자 모두 잠든 모습을 보며
로봇 몸통같이 생긴 이발소 의자에 앉아
나도 고이 눈을 감는다
바리깡이 머리에 길을 내고
그 길이 길에 연하여
길이 사라지고 남는 파르란 머리통 하나
난 액자 속의 어미돼지
달콤한 젖향기에 잠들고 만다

친구

어제는 겨울 자작나무 숲길처럼
허허하였는데
오늘은 소나무 숲길처럼
푸르다
같은 길에도
서 있는 나무에 따라 바뀌는
마음의 계절
그 계절 따라 다르게 보이는
그대 눈물의 색깔
어느 날 활엽수처럼
옷을 벗어도 보고
때론 상록수처럼
옷을 입어도 봐도
길은 변함없이 한 길인데
마음은 나뭇가지처럼 서로 흔들리네
허무의 비탈에 서도
안개 속에 희미하게 다가오는 별 하나
그로하여 우리 숲은
다시 푸른 생각들로 채워지고
그 숲에 흰 살 가진 자작나무가
붉은 소나무 등에 정답게 기대어 산다

행복주머니

황소눈깔 알밤은
바지주머니에 넣고
은자골 막걸리는
몸주머니에 넣고
향수병 앓는 불혹의 육신은
한우물 고향주머니에 넣는다
그리고 저 하늘 별주머니에서
순이 눈망울 반짝이는 밤
주머니는 소유하기보다
주머니는 체온을 나누기 위한 것
지구 주머니 속에 잠든
삼십육점오도의 따뜻한 씨앗 하나
노란 떡잎으로 발아되고 있다

제2부
나비 찾기

청정대해 하늘에서
나비 한 마리 찾아보아라
그 나비 한 마리
푸른 날갯짓을 바라보아라
날갯짓 속에
흔들리는 호수 하나 찾아보아라

고사리

꼬옥 움켜쥔 손
사알짝 펴보니
그 안에
시조새의 흰 깃털 하나
작은 공룡의 비늘 한 조각
하나님의 땀 젖은
손금 위에 살아 움직인다

아직도 고래고래 적
애기 탯줄 하나 말리고 서서
휴화산의 숨소리 들리는 대낮
용수철같이 감긴 죄
찬찬히 펴고 계신 하나님
그 배꼽에
고개 숙여 기도하는 푸른 쉼표 하나

나비의 눈

나비가
두 날개에 눈을 가지고 있다
크거나 작은
검고 희거나
움직이지 않는 눈을

호랑나비는
붉은 눈을 굴리며
더 크고 향기로운 꽃에 앉아
움직이지 않는 눈으로
새들의 앞을 막는다

작은 나비는
부드러운 날개 눈으로
몸을 지키며
천천히 꿀을 빠는데
나비 날개를 한떨기 꽃으로 바라보는
나의 눈은
색에만 눈먼 청맹과니다

나비 찾기

청청대해 하늘에서
나비 한 마리 찾아보아라
그 나비 한 마리
푸른 날갯짓을 바라보아라
날갯짓 속에
흔들리는 호수 하나 찾아보아라
그 호수의 얼굴에
눈썹처럼 떨고 있는 불빛 바라보아라
불빛 속에 따뜻하게 빛나는 꿈
그 꿈속에 다가오는
하얀 나비의 집 찾아보아라
나비의 집에 꽃이 피고
그 꽃잎 위에 이슬되어 매달린
눈동자 같은 물빛 별 하나
바람에 흔들리는 눈짓을 바라보아라
그 여린 눈짓으로 길이 열려
먼데 지평선이 보이는 날
저 높고 깊은 적막 속에 누워
영혼의 젖은 뿌리로 서로 닿아 보아라
그리고 다시 깨어나지 못할
고독한 잠에 오래도록 빠져 보아라
끝내 나비 한 마리가
수천 송이 꽃을 피우고 있음을 알리라

별이 호수를 만든다

별이
별이 호수를 만든다
푸른 들판 한가슴에
산도
분화구도 아닌
별이 사는 호수
별이 어둠을 마시고
깊은 호수처럼 잠들면
별의 집
거긴 내 별 하나가 있다

네가
네가 호수를 만든다
뜨거운 내 심장 한가운데
강도
바다도 아닌
네가 사는 호수
네가 바람의 길 지우고
목이 긴 사슴처럼 잠들면
그리움의 집
거긴 너 하나밖에 없다

나의 별

하늘에서 칠흑의 어둠 먹고 사는
전갈이나 작은 곰들은
반딧불 섬광에도 놀라
몸을 숨깁니다

짙은 어둠을 먹을수록
눈이 더 파래지는
그 순한 하늘 짐승에게
빛의 작살을 겨누는 사람들이
자꾸 두렵습니다

날마다 빛의 쓰레기는 쌓이고
점점 꿈의 뿌리는 메말라 가는데
견우와 직녀는 저 벌거벗은 허허벌판에서
어둠나무만 심고 있습니다

나뭇가지에는 별들이 열리고
하늘 가마솥에는 별밥이 익어가는데
빛에 허기진 욕심은
별각형의 황금 발굽을 번쩍이며
밤새 어두운 길을 혼자 걷고 있습니다

자벌레

초록 편지지 위에

푸른 자벌레 한 마리

온몸 구부려

한 자 한 자 글씨를 쓰지만

몸이 연필도 되고

지우개도 되어

써도 써도

흔적이 남지 않는 길

자벌레 등에서

구불구불

햇빛 휘는 소리 들린다

달팽이 뿔·1

뿔이 말랑하고 부드럽다
뿔 하나를 누르면
눌린 뿔은 이내 숨고
다른 뿔이 일어선다
뿔난 달팽이는
무섭지 않지만
그 머리 뿔은
언제나 빛나는 작은 왕관이다
암내 맡은 숫사슴 뿔보다
홀로 말없이 제 길을 가는 뿔이
우아하고 더 마음 부시다

달팽이 뿔 · 2

움직이지 않지만
움직이는
비어 있지 않지만
비어 있는
뼈가 없지만
뼈 같은 근육이 있는
이빨이 없지만
이빨 같은 혀가 있는
달이 없지만
달빛이 숨는 껍질 있는
뿔이 없지만
숨겨둔 속뿔이 있는
그리하여 가장 부드러운 것이
가장 강한 집한 채

달팽이 뿔 · 3

달팽이 뿔 위에서
아래를 보면
나선형의 지붕 껍데기만 보인다
그 껍데기 안에서
욕심의 근육을 단련하는
그의 생애는 산을 움직이고
하늘로 세운
달팽이의 뿔은
해같이 따뜻한 사랑의 안테나인데
누가 그 뿔 위에서 싸우는가
움직이는 뿔 위에서 겨루면
절벽으로 떨어질 뿐
승자는 둘 중에 아무도 없다

달팽이

태어날 적부터
집 한 채 가진 부자
하여 세상을 느린 걸음으로 살지만
그의 꿈은
등에 진 무거운 집한 채
그 등짐 버리기 위해
오늘도 온몸으로 집을 지고
이슬 젖은 새벽길
힘겹게 기어가고 있다

목걸이

거미줄이 물방울을 묶었는지
물방울이 거미줄을 묶었는지
비 개인 아침
눈부신 목걸이 영영롱롱하다

한참 뒤
세상은 아무 일도 없는 듯
뜨거운 바람만 부는데

거미줄이 물방울을 풀었는지
물방울이 거미줄을 풀었는지
묶어주면 목걸이
풀어주면 빈 줄이 되는 세상에
난 누구에겐가
오래오래 묶이고 싶다

말 없는 성산포

해는 푸른 하늘의 입
붉고 뜨거운 입으로
거대한 바다를 마신다
배부른 하늘 숨소리는 파도소리로 다가오고
해의 혀로 뱉어낸 바다의 뼈는
단단한 바위섬이 된다
가끔은 바다 위에 연꽃 유람선이 뜨고
그 꽃잎 속에 소복이 들어앉아
하늘 입만 처다보며
물보라의 해탈을 꿈꾸는 사람들아
너 하늘의 투명한 눈을 보았는가?
밤의 문설주에 기대어
천천히 눈을 떠 보아라
어둠 속에 외눈박이 등대와 긴 그림자 깔고 누운
말 없는 성산포여!
낮에는 입으로 파도를 만들고
밤에는 눈으로 별을 만드는 그곳에서
나 아무리 죽고 싶어도
하늘 맨살에 땅땅 못 박고
부드러운 파도 밧줄로 목맬 수 없어
해 뜨는 성산을 다시 발돋움한다

성산포 · 1

성산포는 말을 하지 않는다
바람의 발에 밟힌
파도가 말을 대신할 뿐
그 바다는 울대와 목젖이 없다
벙어리 가슴으로
그저 뜨거운 해를 안고 누워
몸속을 도는
그리움을 말리는데
성산포의 귀는 열려 있어
고래의 푸른 숨소리를 듣는다
거대한 고래의 등처럼 일어선 일출봉이
검은 지느러미를 세우면
새우 같은 작은 목선들이 되돌아오는데
하늘 가운데로 지나간 해는
다시 되돌아오지 않아
성산포는 아무 말도 하지 않고
눈동자 없는 달 하나만
푸른 바다에 제물로 바치고 있다

성산포 · 2

풀 한 포기 없는
백사장에 서 있는 말 한 마리
늘 배가 고파
푸른 바람을 마신다
모래 서 말은 먹어야
이 바다를 등질 수 있을까?
말은 파도보다 빠르지만
파도의 인해전술에
스스로 재갈 물고 포로가 된다
말은 발자국을 만들지만
파도는 발자국을 지우고
바다는 섬을 만들지만
섬은 배를 만들고
성산은 일출을 만들지만
모래성은 허무를 만든다
아, 풀 한 포기 없는
백사장에 서 있는 한 사내
늘 가슴이 비어 있어
잠든 한라산의 숨소리를 듣는다

비

천둥 치고
하늘이 금이 가고
번개 뿌리가 우지끈 뽑히고
산들이 들소 무리처럼 달린다
흔들리고 뒤집히고 쏟아져
섬도 배도 수평선도 보이지 않는데
물소와 물개와 물새와 물뱀
물독과 물지게와 물총뿐
방주를 짜던 어부는 아직 보이지 않는다
비바람 그치고
해가 나면
그 많은 물상들은 어디로 갔는지
두고 온 고향 그 언덕에는
목매기 송아지 혼자
푸른 하늘만 열심히 뜯고 있다

새의 저울

바람은 새의 저울
새는 날 때마다
바람 저울로
자신의 날개와 깃털을 단다
무게 영에서 날고
무게 일에서 앉으며
새는 날기 위해
결코 비만하지 않는다
창자는 곧고
발목이 가늘어
쉽게 저울추를 움직이지 않는다
고장나지 않는
새의 저울이
무한 하늘의 주인을 만든다

영월에 가면

영월에 가면
산이 굽고
강도 굽어
허리도 굽는다

굽고 굽어
길이 굽고
소나무도 굽어
시선마저 굽는다

외려
굽은 것들의 눈이
더 명경알 같이 맑고
속은 차돌처럼 단단하다

영월에 가면
굽이진 동굴 속에
수직으로 떨어지는 물방울도
천길 벼랑 위에
맨발로 선 소나무의 눈물도
참 둥글고 부드럽다

굽은 것이 더 아름다운
밤에는
굽은 나무 그림자와
굽은 지붕의 등뼈가 하나되고
너와 나
첩첩 어둠을 깔고 누워
같이 달베개 하며
천천히 하늘 문을 닫는다

여름 바다

그녀는 얇은 치마를 입고 있다
늘 물방울무늬 주름치마를 입고 팔랑거린다

그녀는 치마 속에 치마를 입고 있다
이따금 속치마 속에 하얀 레이스가 보인다

그녀는 치마 날개 휘날리며 줄 없는 그네를 탄다
치마 부채질로 눈부신 속살 보이는 구애도 한다

그녀는 손을 잡고 강강술래로 다가오고 있다
지신밟기 율동으로 몸짓하며 네게로 오고 있다

그녀는 온종일 달려도 제자리 굽혀지지 않는 수평선
無懲에 이르는 푸른 길엔 아무 발자국도 없다

그녀가 다가오면 감각이 수직으로 선다
물방울 숲 속에서 은빛 실로폰 소리 들려오고 있다

그녀의 품안에서 갑자기 한 아이가 울고 있다
한참을 보니 많이 본 듯한 아아 내가 울고 있다

아리수를 마시며

압구정(狎鷗亭)에서 응봉(鷹峰)을 바라보면
청담(青潭)이라는 호수가 있고
누구는 그 호수를 동호(東湖)라고 부르는데
동호의 물은 하늘을 닮아 있어
성수(聖水)라고 부르고
성수는 성스럽게 양화(楊花)로 흐른다
꼭지 틀면 쉬이 나오는 아리수를 먹으며
내 성스럽게 살지 못하는 건
아직 물을 더 먹어야 하는 일
행주산성에서
서호(西湖)를 굽어보며
행주치마에 돌멩이 감싸 안고
왜적과 맞서던 아녀자들은
치맛자락 입에 물고
아리랑 한 소절도 부르지 못해
그저 아린 설움으로 흐른다
마르고 닳도록 한 물 먹고 살아도
윗물과 아랫물이 이리도 달라
아리고 아린 아리수 한 잔으로
더운 여름 속을 미지근히 식힌다

풀꽃 나라

엎드린 풀꽃들이
풀깃발을 세운다
인내한 풀꽃들이
이제 바람 앞에 마주 선다

제비꽃 매발톱
개불알꽃 씨범꼬리 산꿩의다리
서로 이름 부르며
동물꽃끼리 함께 모였구나

가까운 것끼리 더 가깝게
약한 것끼리 더 약하게
풀밭에서 자유롭게 몸을 섞는
이제야 풀꽃 세상 열렸구나

할미꽃 각시붓꽃
양반꽃 동자꽃 키다리노랑꽃
서로 제자리 지키고 앉아
사람꽃끼리 같이 피었구나

키 작은 것끼리 더 작게
붉은 것끼리 더 붉게
풀꽃 나라 아름다운 주인이 되는
이제야 풀꽃 자유 찾았구나

동물꽃 속에 사람꽃 피고
사람꽃 속에 동물꽃 피어
여기 풀잎 노래 들려오는
다시는 뺏기지 않을 풀꽃나라 세웠구나

꽃과 꽃말

꽃은 한자리에 앉아
저만의 모습으로 핀다
가끔 향기만 피울 뿐
스스로 나비를 찾아가지 않는다
제자리 지키는 꽃이야
달콤한 열매를 맺지만
자리를 옮기는 꽃은
허리 꺾인 장애의 몸으로
아픈 눈물꽃
또는 잠시 웃음꽃으로 진다

꽃이 죽어가면서도
향기롭게 죽는 이유는
누군가가 지어준 꽃말 때문이다
흰 국화꽃처럼 울고
붉은 장미꽃처럼 웃는다고
어느 시인이 그렇게 말하던가?
꽃들은 사뭇 제자리에서 피어
향기와 열매 기다리며
영안실도 예식장도 텅 비어 있는
꽃이 주인인 사월이 그립다

파밭의 노래

파밭에서 누가 놀고 있다
젓가락 두드리다
호드기 불다
이젠 제법 관악기 다루는 소리다
흰 솜방망이를 단 푸른 화살
무수히 해를 향해 겨누고 앉아
파뿌리 되도록
파파파 침이 튀도록 합창하는
봄 바다에는
노란 돛을 단 나비 떼들의 뱃놀이에
파파파 파향 번지며
따뜻한 무혈 쿠데타가 승리하는
봄날 잔치 열렸구나

하늘공원 風車

시옷 쌍시옷 삼시옷
하늘공원 풍차 날개가
강바람을 안고
파란 하늘벽에
사랑이란 글자를 써 보려고
자꾸 시옷 쌍시옷 삼시옷

벤츠가 한 대 두 대 세 대
옆으로 나란히 서서
억새풀 한무리 등에 태우고
무음의 바람바퀴 굴리며
휴게소 없는 여행을 떠나는
또 한 대 두 대 세 대

참치 캔 따기

참치 캔 하나 따면
뻥 하고 뽑히는 바다 나무
그 뿌리 붉은 속살이 보인다
한 번도 멈춘 적이 없는 헤엄으로
태평양 수십 바퀴를 돌고 돌아온
등 푸른 목숨의
꽃모양 나이테 위에 입맞춤해도
혀가 닿지 않는다

미끄러운 파도 비늘도
등대의 흰 능뼈 섭실노 없는 밀실에서
무음의 젓가락질이 잦을수록
원통의 양철북 되어
천길 유리 가슴을 두드리는 타악기여!

점점 가까워질수록
더 보이지 않는 섬
라라 노래할수록 더 멀어지는
이름 하나 부르며
푸른 파도소리 그리다가
홀로 깊어지는
끝없는 퇴화 또는 진화

향기

향나무 밑에서는
향내가 나지 않는다
바늘 손끝으로 피운 아픈 이슬꽃도
무색무취일 뿐
한쪽 목발 짚고 서서
가끔씩 찾아오는 바람에게
구부러진 몸 기대서지만
어깨만 기울고 중심만 무너진다
아, 한세월 허리 꺾이고
절룩이던 다리마저 불구되어
잉걸불 위에 눕는 날
그날의 불꽃에는 날선 불티가 없다
향나무 밑에서는
향내가 나지 않는다
꽃은 살아서
짙은 향기가 되지만
향나무는 죽어서
그윽 그윽한 향기가 된다

제3부
안개밭이 보인다

안개밭이 보인다
검고 딱딱한 세상 위로
희고 부드러운 길을 내며
뜨거운 가슴 못내 삭이지 못해
무수히 혀를 날름이는데
부끄러운 생의 허물을 벗고
어둔 겨울잠을 찾아가는
무독의 흰 뱀이 더 아름다워라

안개밭이 보인다

안개밭이 보인다

검고 딱딱한 세상 위로

희고 부드러운 길을 내며

뜨거운 가슴 못내 삭이지 못해

무수히 혀를 날름이는데

부끄러운 생의 허물을 벗고

어둔 겨울잠을 찾아가는

무독의 흰 뱀이 더 아름다워라

누가 돌을 던지랴

눈멀고 귀먹은 거대한 뱀 한 마리

너 아무 지은 죄 없으니

천천히 꾸불꾸불 이 아침을 가거라

가는 곳마다 기쁨이 똬리 트는

눈 시리도록 그리운 나라

그 나라에 가끔은 안개밭이 보이고

때로는 흰 발톱을 가진 아픔들이

푸른 눈물샘을 할퀸다

계란 · 3

둥글게 살자
그렇게 외치다 보니
제 몸 제대로 가누지도 못해

타원으로 살자
그렇게 구하다 보니
일어설 듯 끝내 일어서지도 못해

어느 날 돌부리에 턱 부딪쳐
몸은 사라지고
탈각하고 남은 빈 집 하나

깨진 곡선의 창으로
그렇게 그리던 푸른 하늘이
성큼 다가와 보인다

계란 · 4

팔 다리도 없이
몸통만 남은
침묵의 뫼르소
그대 앞에만 서면
구르고 싶고
때로는 바로 서고도 싶다

멍든 마음 위를 굴러
아픈 핏멍 빨아먹고
공처럼 구르지 못해
옆으로 비스듬히 누워
세상을 넓게 보며 사는 자

몸이 깨지고
오뚝이처럼 일어서는 날
활화산 가슴의
지구를 꿈꾸는 여자

곡선으로 산다

시간은 하나의 직선
그 위를 사람들이 곡선으로 산다
더 많이 굽을수록
웃음이 길고
더 선이 굵을수록
눈빛이 밝다
내 나이 쉰 살에
타오르는 횃불 마음으로 앉아
그리는 원 하나
시간은 이렇게 나누고
삶은 그렇게 완성하는 것
원 속에 보여지는
넉넉한 가을걷이 풍경들
거기 환희의 만종소리 들려오고
은은히 번져오는 묵향 내음 찍어
이제 세상 푸른 가슴에다
부드러운 초서로 행복을 쓸 차례다
양말이 아닌 버선발로
쟁기가 아닌 호미날로
더 부드럽고 가벼워져
더 여리고 둥근 곡선이 되는 일이다
하오나 아직은 바다의 수평선보다
산의 봉우리를 바라볼 일이다

정상으로 가는 삶의 지도에는
아직도 끝이 없으니
돌아서 감돌아서
해같이 눈부신 원을 그리자
삶은 하나의 곡선
그 위를 사람들이 둥글게 산다

뱀

뱀은
곡선이다

뱀이 뱀끼리 모이면
부드러운 곡선이다

곡선은 예술
헝클어진 곡선은 삶
외로운 곡선은 절망이 되지만
뱀은 온몸으로 부드러운 곡선을 그린다

지구라는 곡선 안에
직선으로 달려가는
시속 오십 킬로미터의 열차 하나
흡사 늙은 뱀의 축 늘어진 모습이다

죽고 죽어야
늘어진 직선이 되는 뱀에게
이슬 마시고도 눈부신 곡선으로 사는 법을
나 허리 구부려 배운다

길

소는 소 힘만큼
수레를 끌고
새는 새 힘만큼
날개를 젓고
사람은 다리 힘만큼
그렇게 길을 간다
너 여직 길을 걷고 있느냐?
네 수레
네 날개는 어디 두고
아직도 터벅걸음인가?
소처럼 일하고
새처럼 먹고
사람처럼 즐기는
아름다운 세상 주인을 모르느냐?
소는 뒤에서 몰아야 가고
새는 앞에서 쫓아야 날고
사람은 위에서 끌어야 되지만
너 지금 어디라도 좋다
네 힘만큼 가다
그 힘 다하여
어느 외양간이면 어떠하냐?
소는 소처럼
새는 새처럼
사람은 사람처럼
그래야 삶의 자유로가 보인다

나무는 자살하지 않는다

나무는 자살하지 않는다
스스로 잎을 떨구지만
오히려 더 살고 싶어
몸이 가진 푸른 지폐를 버린다

나무는 스스로 벗는다
바람의 칼이 다가오기 전에 벗고
여우비의 유혹이 오기 전에
다시 옷을 입는데
나무는 스스로를 알고 있다

움직일 수 없는 구속이 아니라
한 치도 움직이지 않는 영토의 주인임을
움직이는 것들의 자유가 칼날이 되고
그 칼날을 안고 스러지는
산 자들의 목숨은 외려 파리하다

나무는 자살하지 않는다
뿌리 깊은 몸속 나무 한 그루
이제 스스로 잎을 떨구고
새날 향해 일어서 더불어 숲이 된다

단지 하나

얼굴도
팔다리도 없이
미끈하게 토막난
몸통 하나

검게 벌어진
심장 속
푸른 어둠 삭혀
기쁨의 효소 만들기 위해
금줄 두른 시간

받은 대로
돌려주고
다시 더 크게 받는
시작과 끝이 함께 보이는
배부른 만남인가?

거기 영원을 꿈꾸는
배불뚝이 욕심도
피안의 독 안에서 나누며
언제나 축복의 빛을 그리는
꿈이 꽉 채워진
생각 하나
그것이 너와 나를 채우는
비만의 행복

단지 둘

단지는
단지를 껴안지 않는다
이미 사랑에 배불러
그리움의 긴 팔이 없다

팔도 없는 단지가
서로 껴안으면
가슴은 더 멀고 배만 닿아
안을수록 자꾸 굵은 금이 간다

하여
짜디짠 소금물 삼키고도
아름다운 거리를 두고 앉은
침묵의 애물단지

단지는
단지를 껴안지 않는다
팔은 없지만 가슴이 있어
그리움도 하나의 체온이 된다

단지 셋

시인은
머리가 없다
시를 머리로 쓰면
과학이 되고 생물이 되기에
시인의 머리는
비어 있는 단지가 된다

그러므로 시인에겐
가슴이 있다
하나의 가슴이 아니라
두 개의 가슴이 있다
뜨거운 가슴
때로는 차가운 가슴으로 번갈아 써야
시가 되고 노래가 된다

시인은
컴컴한 단지를 닮는다
머리 잘리고
다리마저 잘려도
당당히 배부른 채 사는 몸
그 작은 몸속에
저 하늘 무수한 별들이 빛난다

단지 넷

마당에 있는 종 하나
추가 없다
아직껏 한 번 소리내어 본 적 없지만
큰 소리 내기 위해
입을 하늘로 향하고 있다
누가 소리내지 못하는 종을
보았는가?
둥글고 단단한 무쇠추 같은
그런 사람 만나면
딱 한 번 따앙 소리내며
이 몸 산산조각으로 바칠 사랑
세상 시계바늘 거꾸로 돌리고 있을
그런 추가 없다

단지 다섯

목이 짧고
피부는 황색이며
절대 옆으로 눕지 않는
조선의 의인

바로 서서
허리 굽히지 않고
몰래 푸른 하늘 마시다
햇빛 칼날에 목이 베인다

그래도 목숨 부지되면
단단한 땅에 머리 반듯이 박고
오래도록
거꾸로 물구나무선다

물 한 모금 마시지 않고
숨만 쉬며 단식투쟁하는
깨지면 깨어졌지
옆으로 눕지 않는 목숨아

챙없는 모자 씌워주면
서릿발 같은 왕소금 삼키고도
영영 옆으로 눕지 않는
관세음 보살님

단지 여섯

살아 있다는 것은
숨쉬고
땀 흘리는 것
그리고 바람에 흔들리는 일

허나 흔들리는 것은
쉬이 깨지고
깨지는 것은 지상에서
더 빛나는데
아직 깨지거나 빛나지도 않는
저 어둠의 깊은 우물 속에도
때로는 보름달이 뜬다

설령 깨어진다 해도
그건 죽은 게 아니라
다시 흙으로 돌아가는 삶이기에
살아 있다는 것은
소유가 아닌 공유인 것
서로 포개는 것보다
같이 등대고 나란히 줄지어 서서
마주 부딪는 것이 아니라
함께 살 부비고 생각을 기울이는 것

살아 있다는 것은
시나브로 채우고 비우다 보면
우리 마음판에 기쁨의 버캐만 남는
무지개 영혼의 우주가 된다

닭씨름

모가지를 두어 바퀴 비틀자
닭 선풍기는 된바람을 일으키고
끓는 물에 몸을 축인 뒤
날갯죽지, 꽁지, 가슴털을 찬찬히 뽑으면
대머리독수리 같은
그래도 선홍빛 벼슬은 붉다

몸을 일으켜 세우면
오호, 백악기 작은 공룡 한 마리
열중쉬어 하고
물 밖으로 씩씩하게 뛰어갈 듯

서툴게 닭털 뽑아
이젠 날지도 걷지도 못하는
불구의 새 한 마리
불거진 가슴속 피는 사람을 닮아
난 날선 칼도 잡지 못해
그저 부드러운 솜털만 뽑는다

대학로

도시 한가운데
어둠도 비낀 작은 사막에
도수 높은 예술을 파는
빈 그늘의 포장마차가 있다

그 불빛 속에
알몸의 심장을 벌떡이며
무거운 어둠을 애써 기울이는
움직이는 하현달 하나

무딘 젓가락이
예술의 안주를 집어들다
아프게 벌어진 생의 맨살
뇌관을 건드린다

아, 소리와 함께
가슴으로 뜨거운 물길이 나고
다시 한 번 아, 하고 나면
가슴 한가운데 패이는 호수 하나
내가 예술처럼 취해가고 있다

바람꽃

바람꽃은 뿌리가 없다
꽃잎도
꽃술도 없지만
그 꽃은 우리 곁에 피어 있다
웃을 때 피고
눈물 흘릴 때 지면서
바람꽃의 홀씨는
얼굴에서 발아된다
잠시 왔다
금세 지고 마는
뿌리도 없이 사는 꽃이여!
사람과 사람 사이에
소리 없이 바람꽃이 피면
마음과 마음마다
보이지 않는 따순 실뿌리가 돋아
너는 바람
나는 꽃
믿음의 눈으로만 보여지는
우리 하나님 꽃이다

불구의 새

작년에 왔던 소쩍새
어김없이 올해도 날아와
목에 걸린 가시 하나
아직 삼키지 못해 슬피 울고 있다

둥지도 없이
뜨거운 전깃줄 맨발로 구르며
여름 한철 목 놓아 울기만 하다 돌아간
유월 밤 소쩍새
올해도 목에 울음 가시 걸린
필시 그놈이다

마흔 먹도록 살 둥지 틀지 못해
새끼줄로 목매던 날
성황당 재빼기 노을 속에
날개 접은 새 한 마리
날선 조각달 물고 울다 잠이 들었다

하늘 솥에 하루내 해를 지펴도
눈물 마르지 않는 사람아
유전인 듯 전염인 듯
조류독감처럼 찾아와
오늘도 홀로 격리되어 우는 새
언제나 짝이 없는
검은 새 한 마리

사나이의 삶

사나이는
사자처럼 사나워야 사나이다
사나이는
고독하게 제 영역 지키며
살아 있는 것들의 비명소리 듣고도
기척 없이 잠들 수 있어야
사나이다
백수의 왕처럼 사는 사나이는
오늘도 큰 소리로 외친다
사나이다
죽지 않고 사나이다
사나이는 그렇게 입나팔 불며
사자처럼 죽지 않고 오래 살아남아야
진짜 사나이다

사랑니를 뽑으며

사랑니 네 개
그중 윗니 하나가 흔들린다
단단한 몸 한 조각
제법 흔들려도 뽑히지 않고
뽑으려 하면 뿌리까지 아픈 사이

이제 더 흔들리지 않기 위해
몸을 떠나는 시간
눈물 보이지 않으려고
얼얼한 주사를 맞는다

몰래 씹고 씹어
내 사랑 불을 만든 뜨거운 부싯돌
사랑이란 이름으로 한 몸이었다가
사랑니란 고통으로 버려지는
발 아래 보리밥풀 하나

아직 입 안에 남은 사랑니
세 개가 내껜 있어
요즘 오돌뼈같이 만만찮은 시간도
행복으로 곱씹어 삼킨다

사명(巳銘)

뱀은 직진하지 않는다
에스라인 몸매로
에스코스 길을 가며 독을 가진 차가운 쉼표다

무수한 종지부를 찍는 사람의 길은
더 빨리 가기 위해
땅도 파고 굴도 뚫지만
뱀은 언제나 곡선 주행이다

검은 혀를 날름인다고
돌을 던지지 마라
그건 공격을 위한 동작이 아니라
사람 냄새 맡고 도망가려 함이라

씹지 않고 삼킨다고
잔인하다 탓하지도 마라
뱀 허리는 가늘고 길며
언제나 비만하지 않음을 바라볼 일이다

지느러미 없이도 헤엄을 치는 건
곡선의 법을 알기 때문이고
두 팔이 없이도 나무를 오르는 건
무욕의 비늘 옷을 입었기 때문이다

냉혈의 뱀보다
더 뜨거운 체온으로 사는 사람이
하늘과 땅의 온기 잘 모르고 살다 보니
세상은 저리도 피 흘리는 싸움판이다

태초에 에덴동산의 원죄를 아는가
선악과 따먹고 눈이 밝아진 사람은
살아서 이름을 남기고자 하여 영원히 죽어지고
뱀은 죽고 죽어도 허물만 남아 원죄가 없는
아, 뱀은 이 시대의 진정한 예수다

산다는 것

산다는 것에
외로움을 빼면
그믐밤 바람도 잠든 숲 속이다
외로움 속에는 언제나
깃털 젖은 겨울 철새 한 마리
둥지도 없는 새지만
따뜻한 그리움 찾아 날아온
새의 투명한 눈망울엔
시베리아 시린 별들이 반짝이고 있다

산다는 것은
철새가 되는 것
삶의 허공을 무시로 날고 있는 새
고니도 말똥가리도 아닌
기러기가 되어
기러기 아빠와 기러기 엄마로
같은 봄을 찾아가는 것
산다는 것에
외로움을 빼면
해 뜨는 아침을 비상하는 새들도 없다

새와 사람

새가 날고 있을 때
아름다운 꽃
새가 앉아 있을 때
살 몇 개 부러져 접은 부채

새가 날고 있을 때
무지개 한 쌍
새가 앉아 있을 때
땅에 박힌 뿌리 두 개의 못

아니다
새가 날면 얼마를 나는가?
아니올시다
사람이 날면 또 얼마를 나는가?
사람도 새
새도 사람처럼 땅 위에 살면서
가끔씩 하늘을 나는
아름다운 꽃들의 낙화
또는 슬픈 착시

소금쟁이의 눈물

뼈 속까지 흰 뱀들이 문신 새기는
푸른 바다 지키며
쉰한 해 눈썹이 희어지도록
하얀 금을 캐는 그가
아직 부자가 되지 않는 건
참 알다가도 모를 일이다
해가 집을 짓고
물이 산 날이면
평생 배운 서러운 햇빛 도둑질에 북받쳐
염전 창고에 힘없이 앉아
파란 소주잔을 기울인다
개미가 줄을 잇고
온몸에 전율처럼 통증이 저려오는 건
다 하늘의 일
꾸깃꾸깃해진 담뱃갑 위에
구름 몇 조각 부서져 비로 내리면
두 눈에 흐르는 눈물은
아직 따뜻하고 달기만 하다
구멍 뚫린 어둠 속에서
소금 눈물 도는 시선으로 바다 훔치며
그리움의 버캐도 만들고
육탈 되어가는 뼈마디도 쓰다듬으며
아무리 당겨도 찢어지지 않는 어머니
치맛자락 같은
오늘도 저 바다만 붙들고 운다

소나무 가슴

소나무 가슴을 톱질하면
톱니가 생긴다
한 번 톱질하면
톱니 하나
두 번 톱질하면
톱니 두 개
사방으로 톱밥별이 튀고
끝내 남는 해같이 둥근
톱날 하나
그날이 바위 앙가슴을 잘라
한 그루 푸른 꿈을 심는다
눈보라 흰 터널을 지나
바코드 하나 더 만들고
거기 주름진 세상 얘기 숨겨 두었다가
다시 소나무 톱질을 하면서
바람에 머리 빗던 지난 그리움을
톱니 가슴으로 말한다

슬픔의 뿌리

슬픔에도 뿌리가 있다
슬플수록
더 깊이 뿌리 내려
가지마다 푸른 잎 피워내는 그는
벌나비 없이도
꽃을 피우고
꽃이 진 자리에는
더 굵고 달콤한 열매를 맺는 나무다
누가 아는가?
태산 같은 바위를 안고
한 치도 움직이지 못하는 슬픔의 무게를
다시 스러지지 않는 홀로서기를 위해
슬픔의 뿌리는 늘 수직이다
수직이어서
더 깊고 강한 나무
그 나무 아래로 다가서면
별도 달도 새울음도
모두 나무 위에 둥지 튼 기쁨이 된다

시간 매달기

한 장 남은 십이월 달력을
거꾸로 걸면
시간을 훔쳐간 묵은 도둑놈
차가운 발이 보인다
홀치기하여
바람벽에 단단히 매달고
그놈 발바닥을 세차게 내려친다
삼백예순날 통째 훔쳐간 죄 값으로
매질하다 보면
새 도둑무리들 나와서
푸른 동해바다 뱃속에 꿈틀대는
붉은 간을 주리라 한다
때린 만큼
더 눈부신 해가 뜨고
맞은 만큼
더 용천혈이 저려오는데
시간 훔쳐간 묵은 도둑놈은
시간에 매달려
내게 희망감옥소 수의를 입혀준다

시간의 강(江)

한 번도 멈춘 적이 없는
한 번도 범람한 적이 없는
한 번도 거꾸로 흐른 적이 없는
강가에서 저 강물을 굽어본다
더 쉽게 가려 다리를 놓고
더 빨리 닿으려 기차를 타고
더 안전히 가려 기적을 울려도

아직 바닥을 보인 적이 없는
아직 꼬리를 감춘 적이 없는
아직 넋을 잃고 잠든 적이 없는
강가에서 이 강물을 바라보는 일
더 속마음 알려 낚시질을 하고
더 지치지 않으려 물수제비를 만들고
더 하나 되려 알몸으로 멱감던 강이

이제 흐르는 강이 아닌
무량의 하늘이 되려 한다
손금 같은 시간의 길을 지우고
구름 지도 한 장이면
무한 별길로 통하는 그곳으로
강은 사라지고
배도 가라앉아
시간이 흐르는 소리 들리지 않는
그 강을 향하고 있다

아름다운 잠

아름다운 잠을 위해
오십 년이 넘도록
매일 눈감고 누워
질긴 홑이불을 당긴다

나비잠 자다가 나비처럼 날고
노루잠 자다 노루처럼 뛰고
어제는 칼잠
때로는 돌베개잠
새우잠 자다 새우처럼 구부리고
부엉이잠 자다 부엉이처럼 울고

이런 잠이 아니라면
더 눈부시게 살아 있는 날이겠지만
어둠 팔베개하고
아무 꿈도 꾸어지지 않는
백 년을 깨었다
천 년을 잠드는 말뚝잠
그 잠을 이기려 자꾸만 눈 부비는
오늘도 선잠

아름다운 거리(距離)

별을 따라가면
별이 보이지 않고
무지개를 따라가면
무지개가 보이지 않는다

별과 무지개가 보이는
아름다운 거리
더 다가가지도
더 멀어지지도 않을 만큼
밤에는 별로
낮에는 무지개로 보이는
신비한 거리를 아는가?

사람과 사람과의 아름다운 거리에서
오늘도 희망의 별이 뜨고
눈부신 무지개 사랑이 떠오른다

하늘을 따라가면
하늘이 보이지 않고
어둠을 따라가면
어둠이 보이지 않는다

악보(樂譜) 기차

오선지 계단 위에 똬리 튼
높은음자리표 독사들
언제나 출발선 맨 앞에 자리하고
희거나 검은머리 사람들이
이분 사분음표처럼 나란히 줄지어 간다
온쉼표의 학사모
때론 이분쉼표의 중절모 쓰고
어깨 춤추며 걸어가는 사람들이
발자국 옮길 때마다
목관악기 아홉 구멍으로 날숨소리 들리는데
바람 싣고 푸른 궤도 위를 날려가는
비둘기호 완행열차는
가끔은 간이역에도 서고
또는 건널목에도 섰다 가는 사람의 마을
거꾸로 매달린 박쥐의 몸짓도
한 소절 노래가 되고
수직 거미줄에 이슬이 걸려도
득음이 되는 세상
침묵의 궤도 위를 달리는 오늘은
촛불도 흔들리는 하얀 굿판이다

조선의 낙타들

가도 가도 끝없는 모래사막 길
그 길에는 한 뼘의 구름 그늘조차 없어
가던 걸음 에서 멈출 수 없다

하나 또는 둘
등에다 작은 산을 지고
어딘가 있을 바늘구멍 향해 걸으며
체온을 잔뜩 올려
사십도의 무더위도 이기며 간다

바늘구멍만한 물줄기 하나에서
푸른 희망은 시작되고
그 희망이 뿌리 내린 생명은
날카로운 가시를 달고
뜨거운 해의 눈동자를 찌른다

살기 위해서 걷고
걷기 위해서 체온을 올리며 가는 낙타는
등 위에 숨쉬는 산과
몸 속에 시원한 강을 지니고 있어
잉걸불 같은 사막도 두렵지 않다

모래사막 같은 하루 한가운데로
산도 강도 없이 맨몸으로
낙타처럼 뚜벅뚜벅 오늘을 가는데
아직 체온을 높일 줄 모르는 우매한 짐승
모래바람에 눈도 감을 줄 모르는
우리는 씩씩한 조선의 낙타들이다

죄인

지구는 감옥
우리는 감옥에 갇힌 죄인
태어나면서
중형을 선고받고
묵묵히 그 형을 살고 있다
종신형, 타살형
또는 병자형과 천재지변형을 살면서
늘 죄의 끝은 보이지 않는다
때로는 죄끼리 부딪쳐
빛이 되고
그 빛이 어울려
지구별로도 반짝이지만
언제나 죄는 감형도 가석방도 없다
해에게 달에게로 향하며
오늘도 감옥 탈출을 시도하지만
지구는 둥근 감옥
아무리 돌아도 제자리
하여 우리는
죄를 사랑하며 사는 죄인
죄인을 사랑하여
함께 감옥에 사는 거룩한 죄인이다

주 화백

주 화백의 붓은
몸이었다
한 번 성났다 하면
꼿꼿이 일어서서
몇 시간이고 젖은 몸부림이다
지칠 줄 모르는
힘찬 붓질 끝에
끝없이 이어지는 푸른 외길 따라
날개만 자라는 붉은 눈의 새 한 마리
크게 활갯짓이다
붓으로 하늘을 열고
그 하늘 아래 희망의 몸 하나 만들어
술도 여자도 사랑도
붉게 색칠하는 그의 화폭엔
늘 아침이 불끈거린다
그의 몸이 붓으로 서서
춤추는 날엔
뜨거운 횃불이 깊은 강물에 심지 박고
정오의 해를 달구는
주 화백의 붓은
세상 밝히는 혼불이 된다

줄넘기

움직이는 줄 하나
타원으로
땅수제비 친다

바람 시계추에 매달린
너와 나
어김없이 도는
작은 우주

우주 하나에 줄과
줄 하나에 집과
집 하나에 감옥과
감옥 하나에 매달린 우리 목숨

줄이 돌고
사람도 돌아
세상이 돌고 돌면
감옥도 둥글고
눈물도 둥글 둥글다

지구별 잔치

지구별 잔치에 초대되어
나 아직 집으로 돌아가지 못하고 있네
오십 년 동안
떡과 물고기 배불리 먹고
포도주에 취해 맘껏 노래를 불렀네
같이 춤추고 웃다 보니
이제 집으로 돌아갈 시간
떠나려니 뒤돌아 보이지만
여긴 나그네가 잠시 머무는 처소
그동안 잔치는 너무도 즐거웠네
지구촌 오른쪽 별나라에 가서
그대 향해 빛나는 붙박이 영혼으로
내내 바라보며 감사하리
손을 잡아준 사람
등을 두드려준 사람
피를 나눈 사람 저만치 두고
홀로 본향으로 가는 길
어서 잔치상을 치우게
남은 건 무거운 죄밖에 없어
이름도 지우고
일기장도 태우고
육신의 몸은 흙에게 돌려주고
내 별로 조용히 돌아가야 하리

타이어

성지로 가기 위해
큰 숨 한 번 들이쉰 후
하늘 향해 온몸으로
五體投地

나비
개구리
상어 지느러미
갈대꽃
잎새
넝쿨
그리고 매듭으로 보이는
이 전생의 몸 지문

찍고 찍어
이승의 죄 멸할 때까지
무언의 바람이 타종하는
고무종(鍾)소리 들으며
내 눈도 천리안으로 열려
널 쉬이 만나는
초고속 축지법의 둥근 삶의 바퀴

포도주를 마시며

삶의 강의 속에
철학과 예술이 폐강되고
테이블 위에 와인 한 병
숨은 하늘 뚜껑을 연다
서녘 노을 창변에 앉아
지는 해를 마주하고 나누는
너와 나의 대화는
연시(戀詩)보다 연가(戀歌)보다
더 피를 돌게 하고
血壓 높은 바다의 음성이 들린다
피가 뜨거운 자는
해를 보며 포도주를 마시고
사랑을 보듬는 자는
등대를 보며 포도주를 마시는데
어둠에 별을 부어 마시는 자는
밤새 가슴 부딪히지 않는
초승달 빈 잔의 주인이다

화공의 붓이 멎은

화공의 붓이 멎은
여덟 굽이 조선 병풍에
한국산 호랑이표
낙관 하나

그 안에 보이는
전라 경상 경기 충청
그리고
강원 제주도

그 낙관을
원고지에 꾹 눌러 찍으면
노령산맥의 지축을 흔드는
육자배기 가락에
이 산봉우리에서
큰 북 울림소리
저 골 고을마다
거문고 타는 소리

민족의 혼이 그려내는
진경 산수화에
징징징 수월래 희망의 징소리
산태극 물태극 감아도는

문학의 영지에
강강강 수월래 영원한 춤사위

화공의 붓이 멎은
그 자리에
동백꽃 무수 무수히 벙그는
뜨거운 우리 사랑이여!

하루

집은 한 척의
고장난 배
가지도 않고
햇빛 파도 위에 그냥 떠 있다
집 속의 방은
하나의 관
난 매일 관 속으로 들어가
벗고 잠들고 꿈꾸고 또 깨는 일에
길들어 가는 일
깊이도 모르는
삶의 바다를 향해
고장난 배를 탄 선원이다
노를 젓지 않아도
구름과 바람이 흘러가면
고장난 배도
가끔은 항해를 시작한다
난 고장난 배의 주인
그 배는 엔진이 없고
푸른 하늘로 향한
작은 굴뚝 하나만 있다

제4부
소가 웃다

설(說) 이야기하다
소(笑) 웃다
이천구(二千九)네 황소가
쟁기도 수레도 없는 들판에서
혼자 소리없이 웃다

소가 웃다

설(說) 이야기하다
소(笑) 웃다
이천구(二千九)네 황소가
쟁기도 수레도 없는 들판에서
혼자 소리없이 웃다
목젖도 보이지 않고
보조개도 없는 소웃음은
정오의 일식처럼 캄캄한데
소에게 풀을 주라 외치는
촛불부대 아줌마들의 소고기 시위에
수천의 한국 소들이 하품하고
설(說) 이야기하다
소(笑) 웃다
이천구네 살아 있는 황소도
시퍼렇게 눈뜬 푸줏간의 소대가리도
아무 소리없이 웃다

감자

어둠 속을 더듬어 살다 보니
귀와 코가 없구나
온몸에는 울퉁불퉁한
문둥병 종양
쪼개고 잘게 쪼개어도
그놈의 징한 뿌리는 있어
새 봄마다 자줏빛 멍울이 도지는
어둠의 자식들
깎고 또 깎아도
곰보 상채기는 여전히 남아
눈과 입도 어슷비슷하구나
가끔은 소록도 등대 꿈꾸며
때로는 대관령 풍차 그리며
빛도 비껴가는 따비밭에서
홀로 흙의 몸을 키우는 노예다

자유

개가
쇠줄에 묶였다
개는 묶이기 위해 태어난 것이 아니라
개는 개같이 뛰며
개같이 놀기 위해 태어났다
요즘 개가 옷을 입고
칫솔질에 매니큐어까지 바르다 보니
사람 같은 개가 되어
외려 사람을 쇠줄에 묶는다
쇠줄을 끊어라
사람의 개줄을 끊어야
개도 행복하다

헤엄치기

헤엄친다고 자랑하지 마라
배우지 않고도
소는 소헤엄
개는 개헤엄으로 큰 강을 건너는데
배영 접영 자유영을 배웠어도
너는 강을 건너지 못하는구나
평생을 배우고도
소보다 못한 사람
개보다 못한 사람도 많은
참 이상한 헤엄치기

나무 배우기

누가 졸참나무라 해도
누가 물참나무라 해도
참나무는 그냥 참나무다
그런 참나무를
아무도 거짓의 나무로 부른 적이 없다
나무와는 남남이지만
나무는 너무 정직하여
졸참이건 물참이건
참되게 제자리에서 숲을 굳게 지키고
참되게 가지마다 야문 꿀밤을 맺는
하여 정치인은 살아서 참나무를 심고
정치인은 죽어서 참나무 밑에다 묻으리

누가 수양버들이라 해도
누가 능수버들이라 해도
버드나무는 그냥 버드나무다
그런 버드나무를
누구도 여성의 나무로 말한 적이 없다
나무에도 암수가 있지만
나무는 작은 바람에도 흔들려
수양이건 능수이건
부드러운 몸매로 늘상 춤을 추고
부드러운 정신으로 결코 부러지지 않는
하여 여자는 살아서 버드나무 그림자를 밟고
여자는 죽어서 버드나무 지팡이로 살으리

고요한 아침 나라

부천(富川)시에 가면
부가 흐르는 냇가가 있어
거지가 없다
부평(富平)구에 가면
만민이 부 앞에 평등하여
거지가 없다
부개(富開)동에 가면
항상 부가 열려 있어
거지가 없다
대한민국부천시부평구부개동
이런 주소에서 오래오래 살 순 없을까?
억지 억지로 부자가 되지 않는
억만 억만의
거지가 행복하게 모여 사는
고요한 아침 나라
휘황찬란한 이만 불 등불 아래서
눈 부비며 시만 쓰다 보니
자꾸만 내 배가 아프고프다

백로

백로는 사람 가까이서 산다
뒷산 소나무 위에 살면서
하늘 바라보는 버릇 하나 더 생기고
무시로 떠다니는 흰 돛단배는
뱃고동 한 번 울리지 않고도
서로 추돌하지 않는다
언제 백로가 이름을 알고
가끔씩 나를 부르는데
이름 모를 백로에게 난 묵묵부답이다
백로는 날고기 먹고 하얗게 살고
까마귀는 죽은 고기 먹고 까맣게 사는데
나도 죽은 조기 살점 뜯는 까마귀과
암개구리도 비암 한 마리도 없는
황새마을 둥지 아래
백로 흉내내는 나는 늘 배가 고프다

뱀미인

두 개의 혀를 가진 미인이
하늘에다 차갑게 욕을 던진다
가늘고 날카로운 말의 가시가 허공에 박히면서
원죄의 꼬리가 파르르 경련한다
다 감추지 못한 S라인의 몸매는
부끄러운 욕망을 또아리 틀고
비만의 그리움을 다이어트하는
알몸의 잔허리는 참으로 길고 매끄럽다
무시로 눈을 깜빡이지도 않으며
많이 비벼도 쉽게 뜨거워지지 않으며
이슬로 닦은 시린 독이빨로
무독(無毒)의 세상 오지게 물고 늘어지며
푸른 이빨자국 난 하늘 등에 지고
빨래판 같은 길 사뭇 마사지하며
오늘도 생살을 박피하는 그녀는
이제 팔다리 없는 날씬한 곡선 하나
더 사랑받기 위해
구불구불 요염하게 용틀임하며
그러나 다가가 보니 머리와 몸은 없고
꼬리뿐인 미인들이 꼬리치는
아아, 지구는 다시 파충류시대

소의 미소로 웃다

개는 입으로 웃지 않는다
개는 날카로운 이빨과
붉은 혀를 입 안에 숨기고
늘 꼬리로 웃는다
꼿꼿이 세운 꼬리는
키 큰 미소가 되고
그 꼬리를 좌우로 흔들면
바람을 일으키는 부채웃음이 된다
꼬리가 없는 사람은
개처럼 웃지 못하고
소처럼 소리 없이 허옇게 웃는다
소가 꼬리를 흔들어도 웃음이 되지 않는 건
숨긴 이빨이 없기 때문이다
이 빠진 소처럼 웃으며
날선 풀을 혀로 뜯어 속으로만 씹는
고독한 늙은 소가
오월의 마굿간에서 되새김질한다
개는 꼬리로 웃어도
풀 비린내 나는 시간 천천히 곱씹으며
소의 미소로 웃는다

수수빗자루病

무뇌(無腦)의 대추나무가 미쳤다
벼락맞고도 썽썽히 살아남아
가지마다 황소 눈알 같은 별을 매달더니
드디어 미쳐서 울었다
강철보다 단단한 가슴에 가시 촘촘히 박고
꽃을 달아야 할 머리는
수수빗자루처럼 헝클어지고 있었다
나무가 미치면 약이 없다지만
그래도 물오른 가운데 토막 톱질하기 전에
미친 나무 갈라진 두 가랑이 사이로
놀을 끼워 넣으며
병든 나무 시집보내기 하던 시골총각
온종일 파랗게 날 세운 가을빛에 목을 매고
몽달귀신 놀이하고 있다
모진 삶의 가지에 잎을 피우려면
뿌리까지 흔들며 미쳐야 하는 광야에
나무도 사람도
청아대도 구케도 수수빗자루
오매야, 나라가 통째로 수수빗자루병 들었다

참詩

귀 잘린 친구가
시를 쓴다
그의 시는 귓볼처럼 부드러워
말이 아닌 말씀으로 들린다
하늘의 이치를 아는
한 말씀의 시인
그는 요즘 교주가 되어
세상의 평화와 사랑을 말한다

그러나 더 작고 아픈 소릴 듣기 위해
한쪽 귀바퀴 절반을 잘랐지만
사선으로 잘려 나간 귀를 보노라면
자꾸 예리한 면도칼이 떠오른다
칼의 교주
칼이 만든 시인이여!
그대 귀에다 시를 말하는 내가
그대 한쪽 귀를 막고 있구나

귀가 잘린 친구는
참시를 말한다
세상의 소릴 바람처럼 들으며
마음의 말씀을 써라 한다
말씀 속에 귀가 자라지 않도록
무시로 자르고 잘라
늘 맥박만 뛰는 시만 써라 한다

순수

외벽에 페인트칠하지 마라
노란색 칠하면
옐로 하우스
붉은색 칠하면
핑크 하우스가 되고
때론 지붕에 푸른색 칠하면
청와대가 된다지만
무색으로 그냥 두면
세계가 그윽하게 바라보는
화이트 하우스
가장 빛나는 큰 집이 되는
그 순수를 사랑하라

웃으며 죽는 법

웃으면 복이 온다고
눈이 감기도록 웃으면
더 큰 복이 온다고
목이 잘린 채
웃고 있는 돼지 얼굴 하나
그 미소에 절을 하고
입에다 푸른 지폐를 물리는 건
이제 미신이 아니다

웃으면서 죽는 법을 배워야
복을 받는다고
하회탈처럼 그렇게 웃으면서
입을 벌리고 죽은 자는
진짜 죽은 것이 아니다

울음의 끝은 있지만
미소의 끝은 없다며
칼로 코를 베고
귀를 도려내도 웃는 얼굴
그 웃음 썰어 복을 나누던 날
짭조름한 새우젓에 찍어야
복에 체하지 않는다며
난 허허 허기진 배를 채우고

그날 밤 막걸리 트림하며
몸통도 없는 돼지꿈 꾸려고
밤새 두 눈 감고 입은 반쯤 벌린 채
꿀꿀 웃으며 죽는다

앞눈박이 물고기

지구어항 안에
앞눈박이 물고기들이 산다
눈썹 아래 박힌 두 눈은
언제나 핏발이 돋고 호전적이다
검거나 흰 물고기들 틈서리에
힘 없는 누렁 물고기만
쌍꺼풀도 없는 눈을 자주 깜빡인다
눈 감아도 보이는
어두운 대한의 하늘 아래
어지러운 아이엠에프 지진과
에프티에이 소나기 총소리에
어항은 쩍쩍 금이 가고
오늘도 먹이만 쫓던 날랜 물고기들이
허옇게 배를 뒤집고 백기를 든다
저기 옆눈박이 초록 물고기들은
달빛 바다에서 유유히 헤엄치며 노니는데
꼬리도 없는 앞눈박이 물고기들만
대운하가 뚫리는 어항 안에서
물 새는 줄도 모르고 물장구친다
눈멀고 순한 먹이만 탐하는
앞눈박이 물고기들에겐
아가미만 있고 지느러미가 없어
아예 희망의 부레가 없다

의붓까치 아버지

내가 솔가지 꺾어 아궁이 군불 지필 때
까치는 잔가지 물어다 울안 감나무에 바람둥지 틀고

내가 이른 아침 삽 들고 새마을 노래 부를 때
까치는 튼튼한 시멘트 전주 위에 새 둥지를 틀고

내가 철근으로 지은 아파트로 이사를 갈 때
까치는 교회 첨탑 십자가에 철사조각으로 집을 짓더라

내가 키 큰 고층 건물로 승강기 타고 오를 때
까치는 한 나무에나 이층집 올려 의좋은 동거를 시작하고

내가 고향집 사과밭에서 공포탄 소리 듣고 있을 때
까치는 까치밥도 없는 세상엔 총도 겁나지 않는다 하고

그러다 내가 까치에 대한 사이비 시를 쓰고 있을 때
까치는 사람에 대해 한창 순수시를 쓰는데

아, 내가 까마귀도 백조도 아닌 튀기라고 부르자
까치는 중용도 모르는 백치라고 말하기에
나는 까치보다 한수 아래인 의붓까치 아버지라 한다

어부는 무죄

어부가 그물을 쳐서
고래가 걸려도
고래가 어부의 그물을 못 보고
그물에 걸려도
어부는 무조건 무죄다
그물에 걸린 밍크고래는
단두대에 올라
사지 찢기고 눈알 뽑히고도
죽어서 바다로 돌아갈 수 없다
보호표지판도 없는
그물이 보이지 않는 바다 속
어부는 창보다 강한 욕심의 줄을 쳐
고래를 잡는데
접시 위에 올려진 살점을 씹는 사람들은
그래도 고래는 보호되어야 한다고
큰소리친다
고래 적부터 고래는 무장해제된 포로로
푸른 바다를 무쌍무쌍 지키는데
누가 눈에 보이지 않는 그물 치고
그곳을 보호구역이라고 말하는가?
창이 없는 어부와
뿔이 없는 고래가
둘 다 무죄인 태평양 한바다에서
우리는 둘 다 섬을 삼키지 않는
파도의 법을 배워야 한다

이천구년의 봄

금은동 순위가
한 번도 은동금이나 동은금 순으로 된 적이 없는
그래서 금을 따야만 대접받는
금 먹은 세상에
정치 경제 사회 문화의
순위는 억울하다
문화는 정치의 뒷전
경제와 사회가 남긴 쓰레기 더미에 묻혀
영하에도 전신이 발열한다
그래도 문화의 집은
난초와 지초가 무성히던 난지도
버스도 오르지 않는 큰 섬에서
지린 쓰레기 먹고 잔뜩 배불려 만든
저 하늘공원을 보라
남루의 거지가 풍차를 돌리고
풍차는 서울의 빛을 만든다
오천 년 문화가
칠십도 안 된 정치에게 멱살 잡힌 나라
경제 사회는 늘 응급실이다
신기루일까
찬란한 기쁨일까
청진기를 든 문화 의사가
허겁지겁 앞을 서는 이천구년의 봄

회색공화국

언제는 보건소에서
일회용 바나나 고무풍선 나눠주고
둘만 낳아 잘 기르자 하더니

그러다 예비군 훈련날 간호사 따라가
실로 씨줄 묶고 휴가까지 베풀며
하나도 많다 하더니

요즘은 닭장에서 머리만 내놓고 살아도
분명 하나는 적고
둘은 낳아 잘 기르자 한다

하나 더 낳으면 장려금 받고
둘 낳아 아파트 우선 분양권 받으면
그게 몸바쳐 하는 최고 애국이라는데

보건소 고무신도
예비군 가랑이 실뜨기도 모르는 할아배는
구 남매를 두셨으니
이건 애국도 매국도 아닌
애매하고 모호한 애매국자인가?

이 땅은
흰색도 적색도 아닌
회색의 국민들이 모여 사는
참 요상한 새끼치기 공화국이다